スポーツ川柳

飯塚書店

スポーツ

一定のルールに則って営まれる、遊戯・競争・肉体鍛錬の要素を含む身体を使った行為。

一般にスポーツの定義は「競技」であり、ルールの定まったものなら何でもスポーツの範疇に入る。言語的にはさらに「楽しむ事、娯楽」も範疇に入る。

マラソンのソのあたりから離される

「ラ」のあたりまでは期待できるのですが・・・。

熊本市　いわさき楊子

30Km

ゴールまでまだ鬼がいる八合目

奈良市　笹倉良一

ゼッケンをつけてこの世を走り切る

鈴鹿市　青砥たかこ

「マラソンは人生そのもの」と言いますが・・・。

何教ですか？東京マラソンという巡礼

練馬区　小石　望

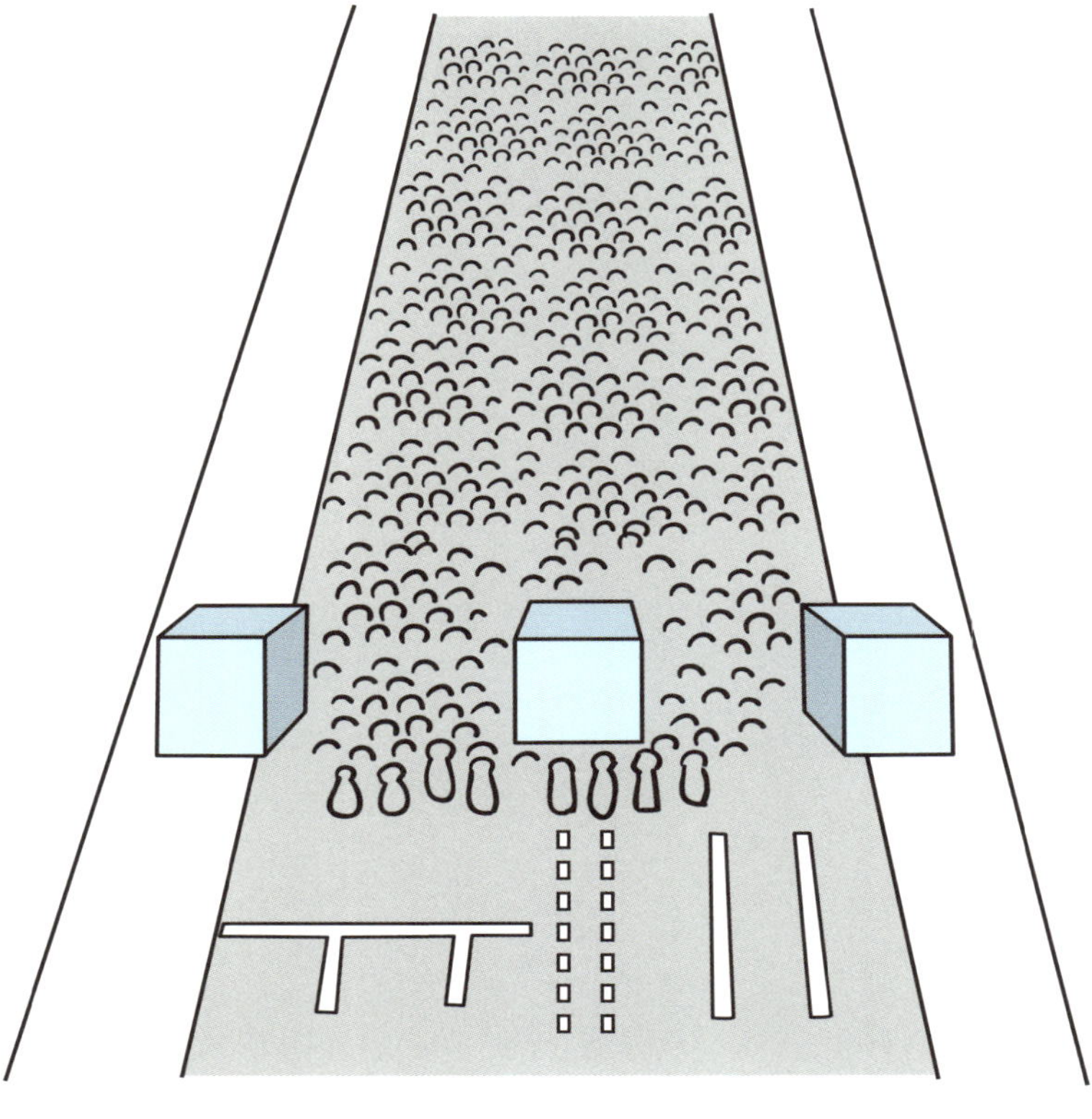

並走の
ライバルの
息確かめて

熊本市　田口麦彦

十秒が最も長い百メートル

刈谷市　丹下　純

冷静にトラック走るカメラロボ

瀬戸市　青砥和子

当然１００ｍ９秒台で走ってます。

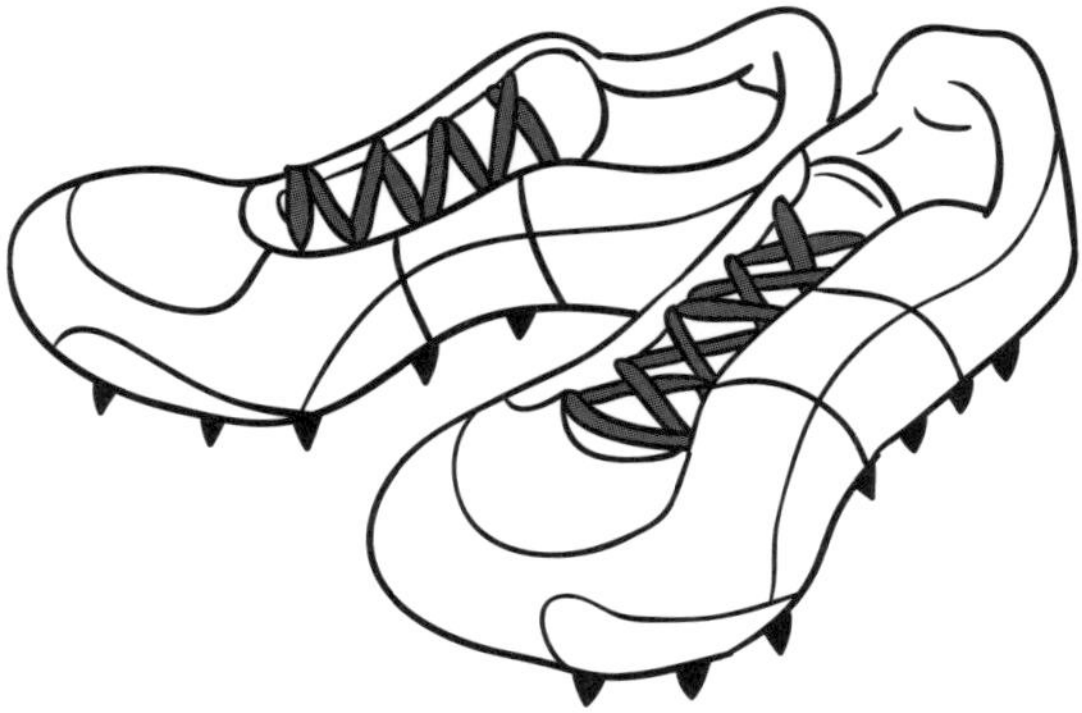

トラックとシューズで作る新記録

記録の出やすい競技場もあるらしい。

熊本市　いわさき楊子

足の長さ比べるハードル競技

熊本市　いわさき楊子

ハードルを越えた数だけ強くなる

江東区　長峯雄平

あの頃も
触れなば落ちん
バーでした

競技者の実感でしょうね。

横浜市　川村　均

鳥には
なれなかったね
棒高跳び

熊本市　阪本ちえこ

失格が常にまとわりつく競歩

ライバルよりも審判の目が気になります。

弘前市　福多あられ

飽きっぽい性格が向く五種競技

弘前市　福多あられ

下向くな まだ400m リレーある

そうそう、日本人の得意種目！

高崎市 高橋新春

試合前は柵をぼんぼん越えて行き

プロ野球観戦ならぜひ試合前練習も見て下さい。

松戸市　中原政人

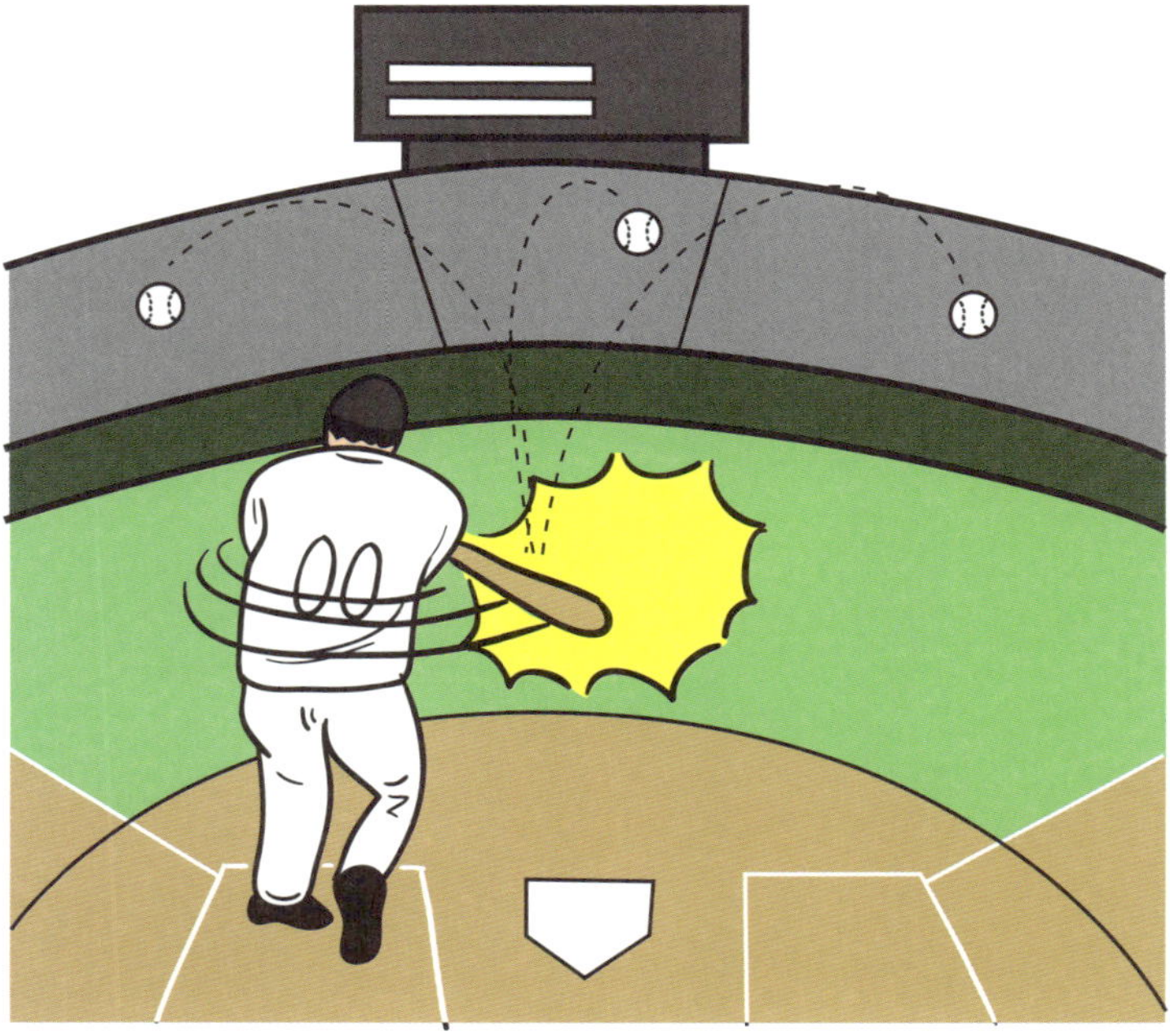

直球を受けて
気持ちのいい
ミット

フォークボールなんてそもそも捕ってくれないし・・・。

川西市　足立千恵子

プレイオフ ここ一番の下克上

ペナントレースで優勝してもまだ安心できません。

鳥取県琴浦町　児玉規雄

振り逃げはわたしのためにあるルール

弘前市　高瀬霜石

ダルビッシュ
イチローもいる
草野球

何故か松井はいない・・・。

宇都宮市　篠田東星

天国と地獄に分けるオフサイド

サッカーで一大事といったらやっぱりこれですね。

松戸市　中原政人

少年のシュート
大地を
蹴りあげる

吹田市　美馬りゅうこ

サッカーのスルーもアシストにしよう

つがる市　濱山哲也

これでゴールが決まるとファンタスティックですね。

置き去りの
サッカーボール
水ぬるむ

姫路市　岡田玖美

「水ぬるむ」は春の季語。懐かしい景色です。

少子化や7人制とフットサル

そのうち6人制野球ができるかも。

つがる市　濱山哲也

ラグビー

スクラムの恐怖は敵の無精ヒゲ

組んだ時、頬が完全密着するそうです。

練馬区　小石　望

ラグビーが男女平等総仕上げ

まさかラグビーまでとは！

松戸市　笹島一江

蛙から
見れば
未熟な平泳ぎ

鳴門市　大釜洋志

犬掻きで泳ぐわたしの小宇宙

荒尾市　松村華菜

五輪へのシンクロの脚よく喋る

伊丹市　延寿庵野靍

水の中
アヒルもびっくり
バトルあり

出雲市　原　正三

体操の
床は
宇宙へ続く穴

弘前市　福多あられ

鉄棒も
体もしなる
金うなる

熊本市　阪本ちえこ

早合点
ピンポン玉は
よく弾む

秋田県
五城目町　猿田寒坊

ピンポンの
玉も
叫んでみたかろう

米子市　門脇かずお

東洋の魔女 ほうきより タブレット

試合中の選手の調子まで全部データ化。
これで作戦立ててます。

弘前市　福多あられ

1
15

スパイクを打ち込む背中に羽生える

横須賀市　須山恵美

あれよあれよ
ラリーポイント制
の罠

さっきまで断然リードしてたのに……。

墨田区　飯塚正子

観客も機械と競うフェンシング

選手の動きだけでは何が起きたのかさっぱり……。

弘前市　福多あられ

3:00
15
12

スポーツに見えないこともない射撃

一応オリンピック競技ですから。

長岡京市　中西正人

スカッシュに向かない閉所恐怖症

つがる市　濱山哲也

激動の
時代を漕いでいる
カヌー

つがる市　濱山哲也

重量挙げ
見ながら
腰に貼るシップ

瀬戸市　青砥和子

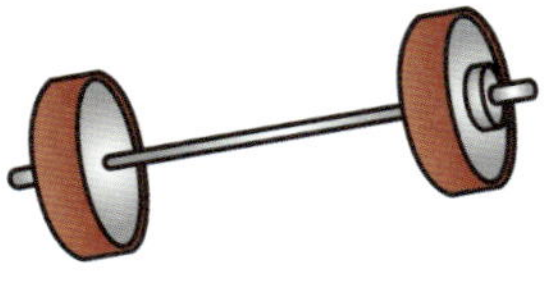

アンドウトロア
宙を舞い蹴る
テコンドー

弘前市　福多あられ

恋をしてトランポリンの上にいる

つがる市　濱山哲也

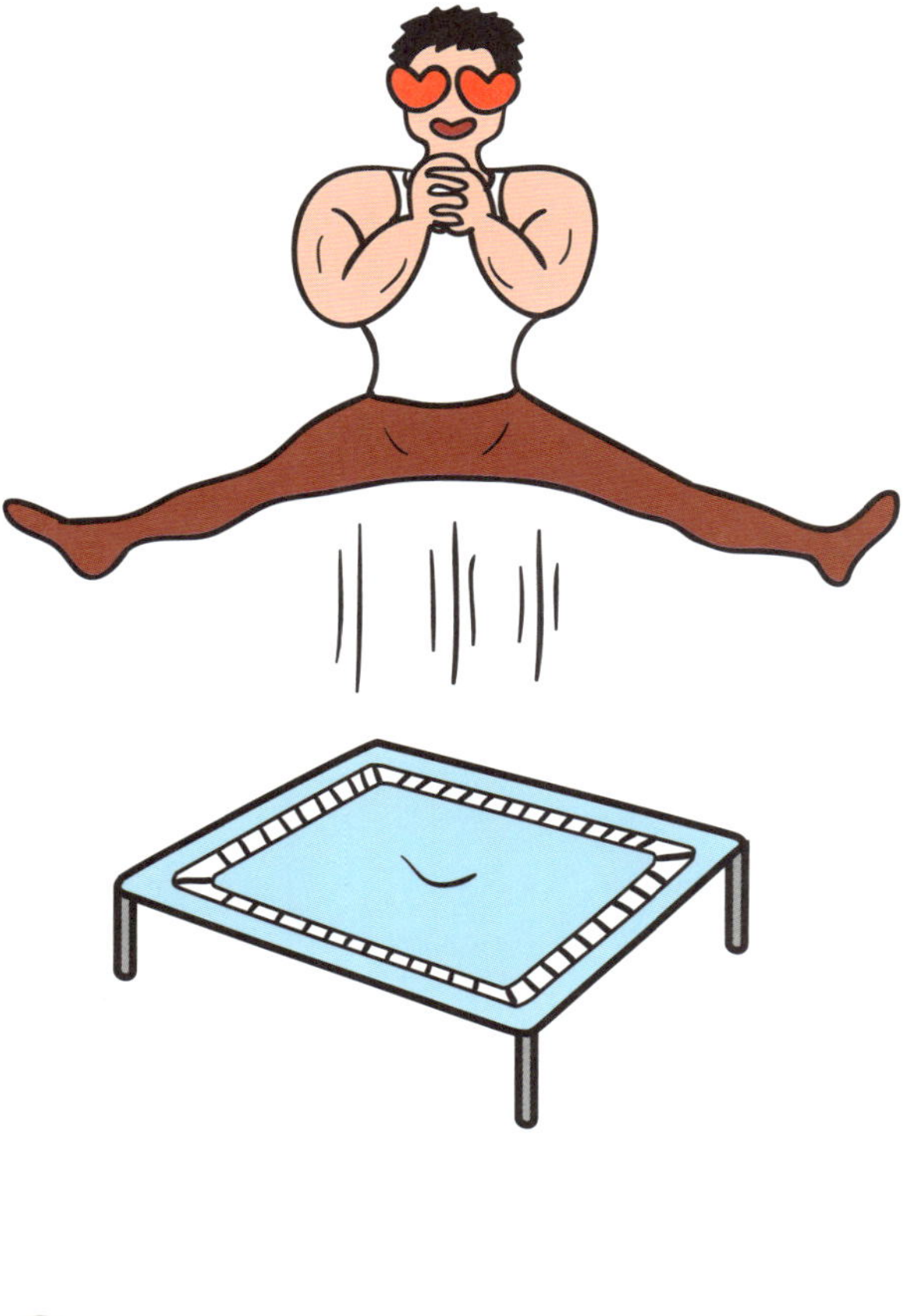

おしゃべりも楽しみのうち草テニス

可児市　板山まみ子

放課後のテニスコートは恋模様

我孫子市　江畑哲男

ファイティング
ポーズだけなら
まだ負けぬ

神戸市　山崎武彦

リング上 拳に寄せる リスペクト

世田谷区 小松剛生

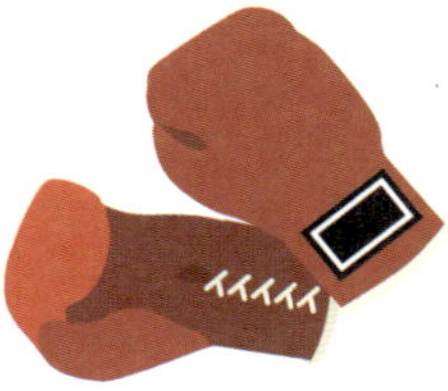

雪山のリーダーの跡踏んで行く

防府市　坂本加代

クライマー渡る世間は壁ばかり

つがる市　濱山哲也

ロッククライミングの競技名はボルダリングだそう。
垂直どころか反り返ってる壁もあります。

打ち損ね　シャトルが落ちる　カジノ店

市川市　小田中準一

道義心は羽のように軽かったですね。

上手いほどやさしい場所で打つゴルフ

三鷹市　田崎　信

最初だけ同じ景色で打つ競技

プロは2打目からもほとんど同じ景色ですが、アマチュアはね。

三鷹市　田崎　信

ゴルフ場
愛欲連れている
平和

弘前市　福多あられ

家に帰っても平和であればいいのですが……。

イナバウワー
今は土俵で
拍手浴び

市川市　高橋勝利

今場所も神風吹かぬ国技館

鎌倉時代はモンゴル軍を追い払ってくれたのに…。

鳥取県琴浦町　児玉規雄

ダメ押しの注意に骨折る審判部

本当に骨折っちゃいましたし……。

三鷹市　田崎　信

地球から
飛び出しそうな
ラージヒル

三鷹市　小坂恭一

勝つよりも見出し大きい沙羅の負け

次のオリンピックではいつも通りに飛んでください。

三鷹市　田崎　信

トリプルアクセル
銀河の上へ
舞い降りる

時々ブラックホールに吸い込まれちゃいますが……。

京都市　西田雅子

ルンバには できないドラマ カーリング

名古屋市　幅　茂

下町のロケット滑るボブスレー

弘前市　福多あられ

採用するのは「クールランニング」のジャマイカチーム！

審判はコルコバードの丘の上

この目だけは欺けません。

つがる市　濱山哲也

ほんとうの
敵は蚊だろう
リオ五輪

弘前市　福多あられ

オリンピック君が代いくつ聞けますか

瀬戸市　中川喜代子

競技場壊してからのカラ騒ぎ

あれ！　聖火台はどこ？

瀬戸市　青砥和子

聖火を見ている
あなたがいた
あの日

京都市　越智ひろ子

大空の
五輪は鳩に
描かせよう

瀬戸市　丸山　進

妖怪がちくちく口を出す五輪

東京オリンピックまでまだまだありますよ。

瀬戸市　青砥和子

お家芸とうの昔の語り草

例えば？　競泳、柔道、体操……。
あれ、意外と今でも強いかも。

京都市　西脇武和

日本戦 日本が息を呑んでいる

瀬戸市　青砥和子

ワールドカップなどは特に感じます。

ニッポンを嫌ってばかりいるルール

柔道・バレーボール・水泳・スキージャンプ等々、
あまり目立たなくてもまだまだありそうですね。

つがる市　濱山哲也

勝てないと
わかっていても
勝ってこい

監督、コーチの立場としては言っちゃいますか……。

和歌山県
有田川町　白倉弘幹

スポーツの秋に天気も味方する

福岡市　早良　葉

格闘技なら国会で開けます

本当の格闘家もいますから・・・。

瀬戸市　丸山　進

公園で老い迎えうつランニング

松原市　和気慶一

パラリンピック五体満足恥ずかしい

つがる市　濱山哲也

往復を
車でジムへ
汗かきに

志木市　東條美世

アスリートサラブレッドの脚に似る

千葉市　太田ヒロ子

メイクまで念入り女子のアスリート

世田谷区　河井正之

政治家へ天下ってくアスリート

いまやアスリートのほうが「天」ですかね。

つがる市　濱山哲也

メダルさえ取れれば解説者になれる

南房総市　竹の内倭人

金銀銅
ノンフィクションの
泣き笑い

瀬戸市　青砥和子

四位には
ハートのメダル
授与します

八幡市　目加田邦子

銀メダル
負けを知ってる
君がいい

青森市　菊池　京

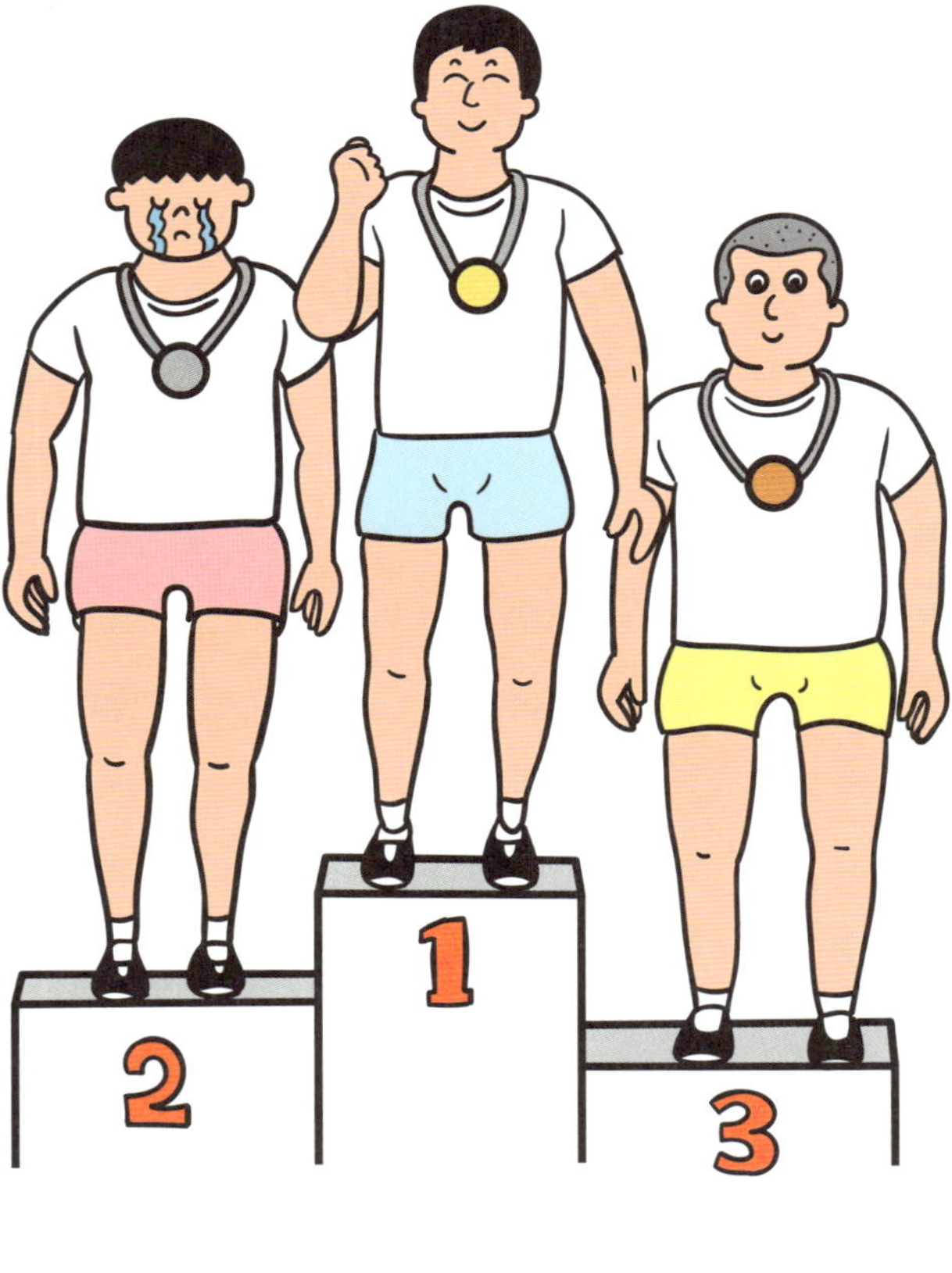
2
1
3

待ってれば銅から金になるかしら

ドーピング問題はきりがないなぁ。

富岡市　戸塚　香

自己ベスト世界でひとつの金メダル

もう一つの戦いがここにあります。

世田谷区　小松剛生

ようこそ「スポーツ川柳」の世界へ

スポーツがたのしいのはなぜでしょう。

あたまを使い、からだを動かす。

ひとりでたのしく、ふたり、三人、四人と連れ立って行動することで、なおたのしく、決められたルールにしたがって競技することで生命力があふれて来るからでしょう。

見てよし、やってよし。世界中の人々が老いも若きも情熱をそそぐことができるもの、それがスポーツでしょうね。

スポーツはいま進化しています。

よりたのしく、よりフェアプレーで競技ができるよう用具の改良や審判の判定法もくふうされています。これに、川柳というユーモアが加われば、もっともっとたのしくなるのではないか。そういう試みをしてみました。

募集は、ホームページを使い、若いネット世代にも気軽にご参加いただいています。

見慣れた競技でも「ああ、こんな見かたがあったのか」ときっと気づいていただけるのではないでしょうか。

たくさんのご応募をいただきありがとうございます。

まずは、ごらんください。

田口麦彦

〈選考委員〉

番傘川柳本社主幹　田中新一

「川柳塔」 編集長　木本朱夏

川柳作家・コラムニスト　田口麦彦

（株）飯塚書店代表　飯塚行男

〈装幀〉　中野多恵子

〈イラスト〉　平松　慶

但しP17、31、44, 66, 73, 77, 97の挿画はフリー素材

本書に掲載した川柳作品は、これまでに各媒体に発表された句と飯塚書店ホームページにて募集した句の中から選出させていただきました。それぞれの作者には了解を得ているものです。

スポーツ川柳

2016年8月15日　第1刷発行

編　著　飯塚書店編集部

発行者　飯塚行男

発行所　株式会社飯塚書店

〒112-0002 東京都文京区小石川5-16-4

電話03-3815-3805 FAX03-3815-3810

印刷・製本　キャップス

　ISBN978-4-7522-4014-3

十七音の詩
フォト川柳への誘い

川柳と写真のコラボレーション

川柳作家活動六十年に及ぶ著者、選りすぐりの自作川柳五五句とその句の解釈を広げるイメージ写真、さらに句に関わる軽妙なコラムを見開きオールカラーで展開します。川柳の可能性と魅力を堪能して下さい。

田口麦彦著

定価1500円（税別）

四六判並製　128 頁
発行：2009/11
ISBN978-4-7522-4009-9

アート川柳への誘い

川柳VSアート…
果たして何が生まれるか？

前作『フォト川柳への誘い』からパワーアップして、写真だけにとどまらず古今東西のあらゆる芸術とのコラボレーション作品集。自作五二句と名作芸術さらに巧妙なコラムがオールカラーで鮮やかに激突します。

田口麦彦著

定価1500円（税別）

四六判並製　112 頁
発行：2011/06
ISBN978-4-7522-4010-5

川柳入門 はじめのはじめ

川柳の魅力と作句の秘訣

川柳のはじまりの歴史から「生活詠」「社会詠」「時事詠」まで、時代を的確に切り取り表現する、川柳の魅力と作り方を余すところなく紹介します。川柳宮城野社の会員がまとめた『震災を詠む』の一部も掲載。

田口麦彦著

定価1300円（税別）

四六判並製　224 頁
発行：2012/06
ISBN978-4-7522-4011-2

現代川柳のバイブル 名句一〇〇〇

魅力ある川柳を存分に味わえる

駄洒落、言葉遊びだけに終わらない「文学作品」としての川柳作品ベスト1000を川柳作家として数々の受賞を誇る元産経新聞記者が、鋭い眼力で選び抜きました。

黒川孤遊編著

定価1200円（税別）

四六判並製　184 頁
発行：2013/12
ISBN978-4-7522-4012-9

楽しみながら上手くなる 穴埋め川柳練習帳

クイズを解いて気がつけば達人

川柳の秀句を例題に、キーワード・句を埋め字していくだけで自然と川柳が上達する本。クイズを解く楽しみと上達の喜びを同時に手に入れることができます。答えは詳細に解説したので充分に納得がいきます。

田口麦彦著

定価1600円（税別）

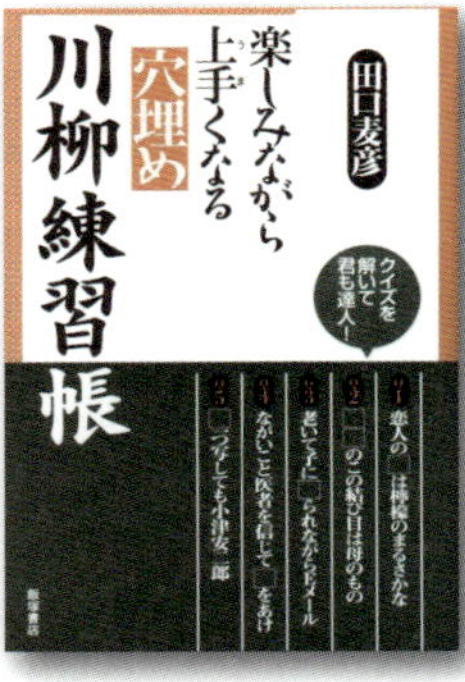

四六判並製　240頁
発行：2005/02
ISBN978-4-7522-4006-8

笑福川柳 ほのぼの傑作選

川柳で笑い飛ばせば今日も元気！

読売新聞西部本社版で連載した「笑福川柳」コーナーの入選句から選りすぐった秀句の傑作集です。さらに田口麦彦のコラム7編と風刺漫画のイラストも掲載。立体的で充実した作品集です。

田口麦彦編著

定価1400円（税別）

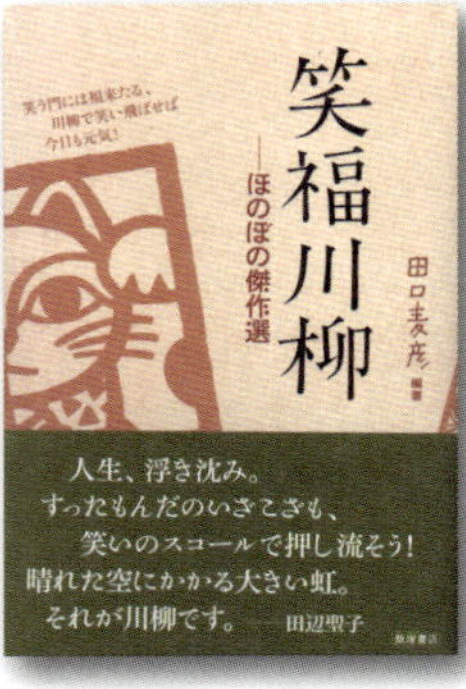

四六判並製　192頁
発行：2005/09
ISBN978-4-7522-4007-5